# एली की गुप्त डायरी

## Ellie's My Secret Diary

### Henriette Barkow & Sarah Garson

Hindi translation by Awadhesh Misra

रविवार सुबह 7.30

प्रिय डायरी

कल रात मुझे एक बुरा स्वप्न आया। मैं दौड़ रही
थी ... और दौड़ी। मुझे एक बड़ा शेर दौड़ा रहा था।
मैं तेज दौड़ती जा रही थी परन्तु मैं उससे दूर नहीं
हो रही थी। वह समीप आता जा रहा था तभी ... मैं
जाग पड़ी।

मैंने फूलों को अपनी बाहों में भरा। उससे मैं सुरक्षित
महसूस करती हूँ - उसे मालूम है क्या हो रहा है।
मैं उसे बता सकती हूँ।

लगातार बुरे सपने आते हैं। ऐसा तो नहीं होता था।

मेरे ढेर सारे दोस्त थे - जैसे सारा और जेनी। सारा
ने मुझे दुकानों में चलने को कहा लेकिन ...

जब से **वह** आयी है स्कूल **नरक** बन गया है।
मैं उससे नफरत     नफरत     **नफरत** करती हूँ!!!

Dear Diary

Had a bad dream last night.
I was running ... and running.
There was this huge
tiger chasing me.
I was running faster and faster but
I couldn't get away.
It was getting closer and then ...
I woke up.

I held Flo in my arms. She makes me feel safe
- she knows what's going on. I can tell her.

Keep having bad dreams.
Didn't used to be like that.
I used to have loads of friends - like Sara and Jenny.
Sara asked me to go to the shops but ...

School's been HELL
since SHE came.

I hate  hate
HATE her!!!!

Sunday evening 20.15

Dear Diary

Went to Grandad's.
Lucy came and we climbed the big tree.
We played pirates.
School 2morrow.
Don't think I can face it.
Go to school and
see HER!

SHE'll be waiting. I KNOW she will.

Even when she isn't there I'm scared
she'll come round a corner.
Or hide in the toilets like a bad smell.
Teachers never check what's going
on in there!

If __ONLY__ I didn't have to go.
Flo thinks I'll be ok.

रविवार शाम 20.15

प्रिय डायरी

मैं बाबा के पास गयी।
लूसी आ गयी और हम बड़े पेड़ पर चढ़ गए।
हम लोग समुद्री डाकू खेलने लगे।
कल स्कूल है। मुझे नहीं लगता कि मैं सामना
कर पाऊँगी। स्कूल जाना और **उसे** देखना।

**वह** मेरा इन्तजार कर रही होगी।
मैं जानती हूँ वह जरूर करेगी।

जब वह नहीं भी होती है तो ऐसा महसूस होता है
जैसे वह अभी किसी कोने से निकल आएगी।
या शौचालय में दुर्गन्ध की तरह छिपी
होगी। टीचर कभी नहीं जाँचती
वहाँ क्या हो रहा है।

यदि **केवल** मुझे नहीं जाना होता।
फ्लो सोचती है मैं ठीक रहूँगी।

सोमवार सुबह 7.05

मुझे फिर वह सपना आया।
केवल इस समय **वह** थी जो मेरा पीछा कर रही थी।
मैं उससे दूर जाना चाहती थी परन्तु वह पास आती
जा रही थी और उसका हाँथ ठीक मेरे कन्धे पर
था ... तभी मैं जाग पड़ी।

मुझे मतली सी महसूस हो रही थी फिर भी मैंने अपना
नाश्ता खाया ताकि माँ को कुछ पता न चल जाय।
मैं माँ को नहीं बता सकती - उससे और बुरा होगा।
किसी को नहीं बता सकती। वे समझेंगे मैं डरपोक
हूँ जो मैं नहीं हूँ।

यह केवल **वह लड़की** है और जो
मुझे इस तरह बना देती है।

I had that dream again.
Only this time it was HER who was chasing
me. I was trying to run away but she kept
getting closer and her hand was just on my
shoulder ... then I woke up.

I feel sick but I made myself eat
breakfast, so mum won't
think anything's up.
Can't tell mum – it'll just
make it worse.
Can't tell anyone.
They'll think I'm soft
and I'm not.
It's just <u>that girl</u>
and what SHE does to me.

Monday evening 20.30

Dear Diary

SHE was there. Waiting.
Just round the corner from school where nobody could
see her. SHE grabbed my arm and twisted it behind
my back.
Said if I gave her money she wouldn't hit me.
I gave her what I had. I didn't want to be hit.
"I'll get you tomorrow!" SHE said and pushed me over
before she walked off.
It hurt like hell. She ripped my favourite trousers!

Told mum I fell over. She sewed them up.
I feel like telling Sara or Jenny but they
won't understand!!

Glad I've got you and
Flo to talk to.

सोमवार शाम 20.30

प्रिय डायरी

**वह** वहीं पर थी। इन्तजार करती हुई।
स्कूल के किनारे कोने पर जहाँ उसे कोई न देख सके।
**उसने** मेरा हाथ जोर से पकड़ लिया और मेरे पीछे
मरोड़ दिया। उसने कहा यदि मैं उसे पैसे दूँ तो वह मुझे
नहीं मारेगी। मरे पास जितना था उसे दे दिया। मैं मार
खाना नहीं चाहती थी।

"मैं तुम्हें कल पकड़ लूँगी!" **उसने**
कहा और मुझे धक्का देने के बाद
वह चली गई। मुझे इतना दर्द
हुआ। मेरी पसन्द वाली पतलून
भी फट गयी!

मैंने माँ को बताया मैं गिर गयी
थी। उन्होंने उसे सिल दिया।
मैं सारा और जेनी को
बताना चाहती हूँ पर वे
नहीं समझेंगी!!

मैं खुश हूँ मेरे पास तुम
और फ्लो हो जिससे मैं
बात कर सकती हूँ।

कल रात सो नहीं पाई। सिर्फ लेटी रही।
सोने से बहुत डर लग रहा था।
बहुत डर था कि वह सपना फिर आयेगा।
**वह** मेरा इन्तजार कर रही होगी।

वह केवल **मेरे** पीछे ही क्यों पड़ी है?
मैंने उसका कुछ नहीं बिगाड़ा।
जरूर झपकी आ गयी होगी,
क्योंकि माँ मुझे जगा रही थी।

नाश्ता नहीं खा सकी।
उसे सैम को दे दिया जिससे
माँ को पता न लगे।

Couldn't sleep last night.
Just lay there. Too scared to go to sleep.
Too scared I'd have that dream again.
SHE'll be waiting for me. Why does she always
pick on ME? I haven't done anything to her.
Must have dropped off, cos next thing
mum was waking me.

Couldn't eat breakfast.
Gave it to Sam so mum wouldn't notice.

मंगलवार शाम 20.00

वह बड़ी और कठोर थी -
उसने मेरा स्कूल के बाहर
तक पीछा किया।
उसने मेरा बाल खींचा। मैं
चिल्लाना चाहती थी परन्तु
मैं उसको यह सन्तोष नहीं
देना चाहती थी।

वह मुझ पर थूकते हुए बोली, "क्या तुम्हारे
पास मेरा पैसा है?"
मैंने अपना सिर हिलाया। उसने गुर्राते हुए मेरा
पी॰ई॰ बैग छीन लिया और कहा, "मैं इसे रख
लेती हूँ जब तक तुम मुझे नहीं देती हो।"

मुझे उसे मारने में खुशी होती। मन कर
रहा था उसके मोटे चेहरे पर घूँसा मारूँ!
पर मैं क्या करू? मैं उसे नहीं मार सकती
क्योंकि वह मुझसे ज्यादा भारी भरकम है।

मैं माँ और पिताजी से पैसे नहीं माँग सकती
क्योंकि वे पूछेंगें कि किस लिए माँग रही हूँ।

Tuesday evening 20.00

SHE followed me out of school – all big and ~~tuff~~ tough.
SHE pulled my hair. Wanted to scream but I didn't want
to give her the satisfaction.
"You got my money?" SHE spat at me.
Shook my head. "I'll have this," SHE snarled, snatching
my PE bag, "til you give it to me."
I'd love to give it to her! Feel like punching her fat face!
What can I do? I can't hit her cos she's bigger than me.

I can't ask mum
or dad for the money
cos they'll want to
know what it's for.

डायरी मैने कुछ गलत किया है।
## बहुत गलत!
यदि माँ को पता चल गया तो पता नहीं
वे क्या करेंगी। पर यह निश्चित है - मेरे
लिए बड़ी परेशानी हो जायेगी।

पिछली रात मैने माँ का बटुआ टेबुल पर देखा।
मैं अकेली थी और मैनें £5 निकाल लिए।

जल्द से जल्द मैं उसमें वापस रख दूँगी।
मैं अपनी जेब खर्च से बचाऊंगी।
मैं कुछ धन कमाने की कोशिश करूँगी।

आशा है माँ जान नहीं पाएंगी।

वह पागल हो जाएंगी!

Diary, I've done something bad.

# Really bad!

If mum finds out I don't know what she'll do.
But I'll be in big trouble - for sure.

Last night I saw mum's purse on the table.
I was on my own and so I took £5.

← flo

I'll put it back as soon as I can.
I'll save my pocket money.
I'll try and earn some money.

Hope mum doesn't miss it.

She'll go mad!

बुधवार शाम 19.47

# यह मेरे जीवन का
# सबसे खराब दिन है!!

पहला - अपने पी०ई० समान के न होने के
कारण मुझ पर बिगड़ा गया।
दूसरा - मैने अपना होमवर्क नहीं किया था।
तीसरा - वह गेट के बगल में थी -
इन्तजार कर रही।
उसने मेरा हाँथ मरोड़ा और पैसे ले लिए।
मेरा बैग कीचड़ में फेंक दिया।
चौथा - उसे और चाहिए।
मैं और नहीं ला सकती...
मैंने माँ से पहले ही चोरी कर रखी थी।
मुझे नहीं मालूम था क्या करूँ।

## काश मैं पैदा ही
## नहीं हुई होती!

Wednesday evening 19.47

This has been the worst day of my life!!

1st - got told off cos I didn't have my PE things.
2nd - hadn't done my homework.
3rd - SHE was by the side gate – waiting.
She twisted my arm and took the money.
Threw my bag in the mud.
4th - SHE wants more.
I can't get more...
I've already stolen from mum.
I don't know what to do.

Wish I'd never been born!!

# मुझे विश्वास ही नहीं होता।
# माँ को मालूम पड़ गया!!

वे पता लगाने लगी कि किसी ने उनका
£5 का नोट देखा है। हम सब ने कहा नहीं।
मैं और क्या कह सकती ?

मुझे खराब लगा, बहुत खराब।
मुझे झूठ बोलना पसन्द नहीं।
माँ ने कहा वे मुझे स्कूल ले चलेंगी।
कम से कम मैं घर आने तक
सुरक्षित रहूँगी।

# I can't believe it.
# Mum's found out!!

She wanted to know if anybody
had seen her £5 note.
We all said no.
What else could I say?

I feel bad, really bad. I hate lying.
Mum said she's taking me to school.
At least I'll be safe til home time.

Thursday evening 18.30

On the way to school mum asked me if I took the
money.
She looked so sad.
I had thought of lying but seeing her face
I just couldn't.
I said yes and like a stupid idiot burst into tears.

Mum asked why?
And I told her about the girl and what she'd been
doing to me. I told her how scared I was.
I couldn't stop crying.
Mum held me and hugged me.

When I'd calmed down, she asked,
if there was anyone at school
I could talk to?
I shook my head.
She asked if I would
like her to talk to
my teacher.

बश्हस्पतिवार शाम 18.30

स्कूल के रास्ते में माँ ने मुझसे पूछा क्या मैने
पैसे लिए हैं। वे बहुत उदास दिख रही थीं।
मैंने झूठ बोलना चाहा परन्तु उनका चेहरा देख
न बोल सकी। मैने कहा हाँ और बेवकूफ की
तरह रोने लगी।

माँ ने पूछा क्या बात है?
मैने लड़की के बारे में और वह मेरे साथ
क्या करती है बताया।
मैने बताया कि मैं कितनी डरी हुई हूँ।
मै अपने आपको रोने से नहीं रोक पायी।
माँ ने मुझे पकड़ कर गले लगा लिया।

जब मैं शान्त हुई तो उन्होने पूछा
क्या मैं स्कूल में किसी से बात
कर सकती हूँ?
मैंने अपनी गर्दन हिला दिया।
उन्होंने पूछा क्या तुम चाहती हो
मैं तुम्हारे टीचर से बात करूँ।

Friday morning 6.35

Dearest Diary

Still woke up real early but

I DIDN'T HAVE THAT DREAM!!

I feel a bit strange. Know she won't be in school - they suspended her for a week. What if she's outside?

My teacher said she did it to others - to Jess and Paul.

I thought she'd only picked on me.
But what happens if she's there?

शुक्रवार सुबह 6.35

प्रिय डायरी

फिर भी जल्दी ही उठ गयी परन्तु

## मुझे वह सपना नहीं आया!!

मुझे कुछ अजीब सा लगा। मालूम है वह
स्कूल में नहीं होगी - उन्होनें उसे एक
सप्ताह के लिए निलम्बित कर दिया है।
क्या होगा यदि वह बाहर इन्तजार
कर रही होगी?

मेरी टीचर ने बताया उसने दूसरे के साथ
भी ऐसा ही किया था - जेस और पॉल से।

मैं सोच रही थी उसने केवल
मुझे ही चुना है।

पर क्या होगा यदि वह वहाँ होगी?

शुक्रवार शाम 20.45

वह सचमुच वहाँ नहीं थी!!!
मैने एक अच्छी महिला के साथ बातचीत की जिसने
कहा कि मैं कभी भी उससे बात कर सकती हूँ।
उसने कहा यदि तुम्हे कोई परेशान करे तो कोशिश
कर किसी से कहना चाहिए।
मैने सारा और जेनी को बताया। सारा ने बताया पिछले
स्कूल में यह सब उसके साथ हो चुका था। पैसे वाली
बात नहीं पर यह लड़का उसे परेशान करता था।

हम सभी एक दूसरे की देख भाल करेंगे जिससे स्कूल
में कोई किसी को परेशान न करे। शायद सब ठीक होगा।
जब मैं घर पहुँची माँ ने मेरा मन पसन्द खाना बनाया।

She really wasn't there!!!
I had a talk with a nice lady who said I could talk to
her at any time. She said that if anyone is bullying
you, you should try and tell somebody.
I told Sara and Jenny. Sara said it had happened to her
at her last school. Not the money bit but this boy kept
picking on her.

We're all going to look after each other at school so
that nobody else will get bullied. Maybe it'll be ok.
When I got home mum made my favourite dinner.

शनिवार सुबह 8.50

प्रिय डायरी

स्कूल नहीं!!     कोई बुरा सपना नहीं!!

मैने इन्टरनेट पर देखा धमकाने पर बहुत सारी बातें लिखी थीं। मै सोचती थी यह हरदम नहीं होता है पर यह हर समय होता रहा है! बड़ों तथा मछलियों के साथ भी।

क्या आपको मालूम है कि मछलियाँ ज्यादा परेशान करने पर मर सकती है? कई प्रकार के सहायता केन्द्र या उसी प्रकार के अन्य केन्द्र - लोगों के सहायता के लिए हैं, मछलियों के लिए नहीं!!

काश मुझे मालूम होता!

Saturday morning 8.50

Dear Diary
No school!! No bad dreams!!
Had a look on the net and there was loads about
bullying. I didn't think that it happened often
but it happens all the time! Even to grown-ups
and fishes. Did you know that fishes can
die from the stress of being bullied?
There are all kinds of helplines
and stuff like that
- for people, not fishes!!

I wish I'd known!

शनिवार शाम 21.05

पिताजी मुझे तथा सैम को फिल्म दिखाने
ले गये। वह बहुत मजाकिया थी।
हमें खूब हँसी आयी।

सैम जानना चाहता था कि मैंने उसे जो हो
रहा था उसके बारे में क्यों नहीं बताया।

"मैं उसका मुँह तोड़ देता!" उसने कहा।
"तब तुम भी उसी की तरह धमकाने
वाले बन जाते!" मैंने उससे कहा।

Dad took me and Sam to see a film. It was really funny. We had such a laugh.
Sam wanted to know why I never told him about what was going on.
"I would have smashed her face!" he said.
"That would just have made you a bully too!" I told him.

# What Ellie found out about bullying:

If you are bullied by anyone in any way IT IS NOT YOUR FAULT!
NOBODY DESERVES TO BE BULLIED!
NOBODY ASKS TO BE BULLIED!

There are many ways in which somebody can be bullied.
Can you name the ways in which Ellie was bullied?
Here is a list of some of the ways children are bullied:
  - being teased
  - being called names
  - getting abusive messages on your mobile phone
  - getting hate mail either on email or by letter
  - being ignored or left out
  - having rumours or lies spread about you
  - being pushed, kicked, shoved or pulled about
  - being hit or punched or hurt physically in any way
  - having your bag or other belongings taken and thrown about
  - being forced to hand over money or your belongings
  - being attacked because of your race, religion or the way you speak or dress

Ellie found that it helped to keep a diary of what was happening to her.
It's a way of keeping a record of dates and times when things occurred.
It's also a way of not bottling everything up. It is important that you try
and tell somebody what is going on.
Maybe you could try talking to a friend who you trust.
Maybe you could try talking to your mum or dad, sister or brother.
Maybe there is a teacher at school who you feel comfortable talking to.
Most schools have an anti-bullying policy and may have somebody
(like the kind lady Ellie mentions in her diary) to talk to.

Here are some of the helplines
and websites that Ellie found:

Helplines:

    CHILDLINE 0800 1111
    KIDSCAPE 020 7730 3300
    NSPCC 0808 800 5000

Websites:

In the UK:
www.bbc.co.uk/schools/bullying
www.bullying.co.uk
www.childline.org.uk
www.dfes.gov.uk/bullying
www.kidscape.org.uk/info

In Australia & New Zealand:
www.kidshelp.com.au
www.bullyingnoway.com.au
ww.nobully.org.nz

In the USA & Canada:
www.bullying.org
www.pta.org/bullying
www.stopbullyingnow.com

If you want to read more about bullying there are many excellent books
so just check your library or any good bookshop.

Books in the *Diary Series*:
Bereavement
Bullying
Divorce
Migration

Text copyright © 2004 Henriette Barkow
Illustrations copyright © 2004 Sarah Garson
Dual language copyright © 2004 Mantra Lingua

A CIP catalogue record for this book is available
from the British Library

First published 2004 by Mantra Lingua
Global House, 303 Ballards Lane
London N12 8NP
www.mantralingua.com